AF360290

TABLEAUX

ET

AQUARELLES

PAR

CLAUDE MONET	A. RENOIR
BERTHE MORISOT	A. SISLEY

M* CHARLES PILLET,
COMMISSAIRE-PRISEUR,
10, rue de la Grange-Batelière.

M. DURAND-RUEL,
EXPERT,
16, rue Laffitte.

L'ÉCOLE DES « IMPRESSIONNALISTES ». — On a vendu hier, à l'hôtel Drouot, une collection de 73 tableaux qui, quoique n'émanant pas de peintres illustres, n'en ont pas moins provoqué un vacarme auquel les paisibles amateurs de l'hôtel des Ventes ne sont guère habitués. Il s'agissait d'une réunion d'œuvres des quatre peintres les plus audacieux de ce qu'on appelle la nouvelle École, MM. Claude Monet, Renoir, Sisley et Mme Berthe Morisot.

Cette nouvelle Ecole, qui a ses partisans absolument comme en politique les communards ont les leurs, avait déjà organisé, l'an passé, boulevard des Capucines, une petite exposition d'essai. Entre les soixante-treize tableaux qu'elle offrait dans la vacation d'hier, une dizaine à peine se sont vendus convenablement. Ce sont :

Une *Vue d'Asnières*, par Monet, 325 fr. Un *coin d'appartement*, du même, 325 fr. Le *Pont-Neuf*, par Renoir, 300 fr. Un *Paysage* de Sisley, 300 fr. Un pastel de Mme B. Morisot, 320 fr., et un *Intérieur*, de la même, 480 fr.

Après ces toiles, il convient de citer comme ayant obtenu de grands succès d'*exclamations* :

Une fille nue, aussi hideuse qu'indécente, vendue, sous le titre de : *Avant le bain*, 140 fr.; et une autre nudité, aussi indécente, mais plus gracieuse, qu'on a adjugé 110 fr., au milieu des éclats de rire de la foule et des vociférations des chefs de ce que nous appellerons la *Commune artistique*.

Au total, la vacation a produit 11,000 fr., résultat qu'on n'osait espérer.

CATALOGUE

DES

TABLEAUX

ET

AQUARELLES

PAR

Claude MONET	A. RENOIR
Berthe MORISOT	A. SISLEY

ET DONT LA VENTE AURA LIEU

HOTEL DROUOT, SALLE N° 3

Le Mercredi 24 Mars 1875,

A deux heures.

———

Par le ministère de M° **CHARLES PILLET**, Commissaire-Priseur,
10, rue de la Grange-Batelière;

Assisté de **M. DURAND-RUEL**, Expert, 16, rue Laffitte,

Chez lesquels se trouve le présent Catalogue.

———

EXPOSITIONS

PARTICULIÈRE: le Lundi 22 Mars 1875.

PUBLIQUE: le Mardi 23 Mars 1875.

DE UNE HEURE A CINQ HEURES.

CONL TIONS DE LA VENTE.

Elle sera faite au comptan'.

Les adjudicataires payeront *cinq pour cent* en sus des enchères.

Paris. Imp. de Fillet fils aîné, rue des Grands-Augustins, 5.

Les amateurs de peinture qui suivent avec attention le mouvement moderne, se souviennent de l'exposition organisée, l'an dernier, au boulevard des Capucines, par un groupe d'artistes qui se voient systématiquement exclus du Salon. Une centaine d'œuvres, différant par l'expression personnelle mais conçues dans une direction générale d'idées, avaient été reunies dans un but tout exclusif. Ce but fut atteint. Cette exposition attira l'élite de ces curieux dont l'opinion compte et prévaut ; elle reçut de la critique indépendante des conseils ou des éloges. Cette épreuve devait se renouveler cette année au printemps. Il faut espérer que les obstacles de diverses sortes qu'elle a rencontrés ne la retarderont pas au delà de l'automne prochain.

Une telle exposition doit s'ouvrir ou avant ou après le Salon, afin que les artistes qui y prennent part ne paraissent pas, aux yeux de la foule, avoir essuyé un refus dont ils sont

décidés du reste à ne plus subir ni l'injustice ni l'ennui.
Elle aidera, dans la limite d'un effort isolé mais entêté, à la
formation de ces groupes divergents qui, quelque jour, arri-
veront sous une forme quelconque à former l'association générale des artistes. La progression sans cesse croissante des
œuvres envoyées aux Salons — sans qu'aucune combinaison
de réglement puisse logiquement y remédier, — ne permet
plus que des visites rapides, accablantes, des stations d'un
instant. Le critique le plus laborieux et le plus sympathique
aux débutants est forcé de s'en tenir à des mentions indica-
tives aussi résumées que possible. La disposition même des
salles et du jour, l'adoption de l'ordre alphabéitque, les fan-
taisies du classement sont de cruelles raisons pratiques pour
que le visiteur ne voie plus dans les Salons officiels que des
magasins d'art.

Ce sont là de graves inconvénients. Il en est de pires. Les
réglements livrent la réceptiou des œuvres à un jury de formation spéciale, qui a ses doctrines, ses traditions, ses ca-
maraderies. Il ne faut point songer lui forcer la main. L'o-
pinion publique se passionne peu pour les artistes refusés.
On l'a vu quand ils ont voulu organiser des expositions. Il
en résulte une grande monotonie dans l'aspect et, ce qui
est bien plus grave, un inévitable énervement pour l'école.
Toute tentative loyale est digne d'intérêt. Elle peut venir
heurter des traditions ou des préjugés, des habitudes ou des
intérêts; si elle poursuit un but sérieux, elle a cependant droit
à se produire en public, à ce qu'on discute son opportunité,
à ce qu'on la relie à des efforts antérieurs, à ce qu'on signale
ses emportements ou ses défaillances. Tout est utile jus-
qu'aux colères, aux injustices et aux rires pour perpétuer

dans une école la recherche constante des idées et des sentiments propres à chaque temps.

Cela n'est pas possible dans l'état actuel des choses. Les paysages et les tableaux de mœurs du groupe dont nous parlons — on les a appelé ici les *impressionnistes*, là les *intransigeants* — seraient, au Salon, aussi gênants que gênés. Certaines gens n'ont pas de l'esprit dans toutes les sociétés, et les tableaux ne font pas bien dans toutes les galeries. Ceux-ci ont des allures dont la franchise s'allie mal avec les précautions et les sous-entendus des œuvres qui visent à la médaille et, lointainement, à l'Institut. Le détail est supprimé avec une décision qui effarouche les âmes timides. L'ensemble aussi exprime les effets de lumière, les appositions de tons, les silhouettes et les masses par des attaques hautaines, peu soucieuses de l'approbation des myopes. Enfin, ils ont contre eux non pas la tradition des maîtres qui, heureusement est infiniment diverse, mais l'aspect enfumé d'œuvres qui primitivement étaient inondées de clartés.

Nous ne voulons pas entrer dans le détail des soixante-dix tableaux, aquarelles et pastels que Mme Berthe Morisot, MM. Claude Monet, Renoir et Sisley présentent au public, bien moins comme à une vente que comme à une exposition précédant celle dont nous parlions plus haut. Chacun de ces artistes a pu grouper un certain nombre d'œuvres qui s'expliquent et s'apprécient, avantage que refuse encore le règlement du Salon. C'est au public de prononcer.

Nous n'aurions pas accepté de les présenter, si ces œuvres ne nous inspiraient un vif intérêt par le but qu'elles poursuivent et un vif plaisir par les sensations de nature qu'elles nous rappellent. Nous disent-elles tout? D'autres maîtres n'ont-ils pas dit autrement? N'ont-ils pas dit plus? Ce sont là des questions puériles. Il faut demander à un fruit d'être un fruit, à une fleur d'être un éclat et un parfum, à un verre d'eau de source d'être une volupté délicate et complète. Nous savons infiniment de gré à des peintres de réaliser avec leur palette ce que les poètes de leur temps ont su rendre avec un accent tout nouveau : l'ardeur de l'azur pendant l'été ; les feuilles de peupliers changées en louis d'or par les premières gelées blanches ; les longues ombres portées des arbres, l'hiver, sur les guérets ; la Seine, à Bougival ou la mer sur la côte, frissonnant sous le souffle du matin ; les enfants se roulant dans les gazons piqués de fleurettes... Ce sont comme de petits fragments du miroir de la vie universelle, et les choses rapides et colorées subtiles et charmantes qui s'y reflètent ont bien droit qu'on s'en occupe et qu'on les célèbre.

PHILIPPE BURTY.

DÉSIGNATION

MONET

(CLAUDE)

1 — Coucher de soleil sur la Seine.

Haut., 50 cent.; larg., 65 cent.

2 — Effet de neige.

Haut., 55 cent.; larg., 65 cent.

3 — Bassin du Commerce. (Havre.)

Haut., 38 cent.; larg., 40 cent.

4 — Matinée d'automne.

Haut., 48 cent.; larg., 73 cent.

5 — Printemps.

Haut., 55 cent.; larg., 65 cent.

6 — Paysage.

Haut., 60 cent.; larg., 81 cent.

7 — Vue prise à Asnières.

Haut., 55 cent.; larg., 74 cent.

8 — Soleil levant. (Marine.)

Haut., 50 cent.; larg., 61 cent.

9 — Bords de la Seine.

Haut., 55 cent.; larg., 65 cent.

10 — Le Dégel. (Argenteuil.)

Haut., 56 cent.; larg., 63 cent.

11 — La Neige. (Argenteuil.)

Haut., 60 cent.; larg. 81 cent.

12 — La Femme au métier.

Haut., 65 cent.; larg., 55 cent.

13 — Coucher de soleil.

Haut., 50 cent.; larg., 65 cent.

14 — Un coin d'appartement.

Haut., 81 cent.; larg, 60 cent.

15 — La Mare. (Effet de neige.)

Haut., 60 cent.; larg., 81 cent.

16 — Les Charbonniers.

Haut., 55 cent.; larg., 65 cent.

17 — Navires en réparation.

Haut., 71 cent.; larg., 54 cent.

18 — Paysage d'automne.

Haut., 55 cent; larg., 74 cent.

19 — Paysage d'hiver.

Haut., 50 cent.; larg., 61 cent.

20 — Les Plates de Villerville. (Marine.)

Haut., 63 cent.; larg., 55 cent.

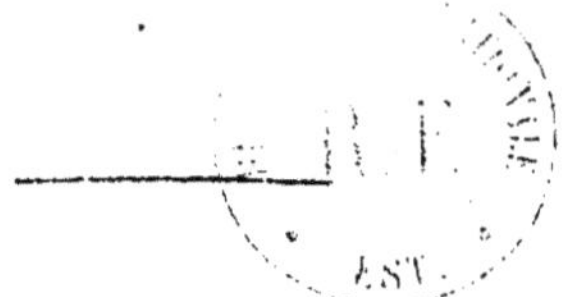

MORISOT

(BERTHE)

21 — Chalet au bord de la mer.

> Haut., 51 cent.; larg., 61 cent.

22 — Intérieur.

> Haut., 56 cent.; larg.. 47 cent.

23 — Les Papillons.

> Haut., 47 cent.; larg., 56 cent.

24 — La Lecture.

> Haut., 45 cent.; larg., 70 cent.

25 — Plage des Petites Dalles.

> Haut., 22 cent.; larg., 48 cent.

26 — Blanche. (Pastel.)

> Haut., 61 cent.; larg., 51 cent.

27 — Sur l'herbe. (Pastel.)

> Haut., 70 cent.; larg., 90 cent.

28 — Plage de Fécamp. (Pastel.)

> Haut., 38 cent.; larg., 60 cent.

29 — Marine. (Aquarelle.)

Haut., 48 cent; larg., 64 cont.

30 — Lisière d'un bois. (Aquarelle.)

Haut., 48 cent.;larg., 64 cent.

31 — Environs de Paris. (Aquarelle.)

Haut., 48 cent.; larg., 64 cent.

32 — Sur la plage. (Aquarelle.)

Haut., 48 cent.; larg. 64 cent.

RENOIR

(PIERRE-AUGUSTE)

33 — Femme assise.

Haut., 46 cent.; larg., 38 cent.

34 — Temps d'orage. (Paysage.)

Haut., 46 cent.; larg., 55 cent.

35 — Femme au chien noir.

Haut., 61 cent.; larg., 50 cent.

36 — Grand vent. (Paysage.)

> Haut., 52 cent.; larg., 81 cent.

37 — Vue de Paris. (Institut.)

> Haut., 38 cent.; larg., 46 cent.

38 — Bateau. (Argenteuil.)

> Haut., 50 cent., larg., 65 cent.

39 — Tête de femme.

> Haut., 41 cent.; larg., 32 cent.

40 -- Petite Bohémienne.

> Haut., 104 cent.; larg., 44 cent.

41 — Vase de fleurs.

> Haut., 94 cent.; larg., 70 cent.

42 — Le Pont-Neuf.

> Haut., 73 cent.; larg., 92 cent.

43 -- Tête de femme.

> Haut., 32 cent.; larg , 24 cent.

44 — Avant le bain.

> Haut., 81 cent.; larg., 65 cent.

45 — La Source.

> Haut., 130 cent.; larg., 77 cent.

46 — Femme en promenade.

Haut., 70 cent.; larg., 43 cent.

47 — Paysage d'été.

Haut., 60 cent.; larg., 73 cent.

48 — Pêcheur à la ligne.

Haut., 54 cent.; larg., 65 cent.

49 — Jardin aux dahlias.

Haut., 50 cent.; larg., 61 cent.

50 — Champ de rosiers.

Haut., 38 cent.; larg., 46 cent.

51 — Avant-scène.

Haut., 27 cent.; larg., 22 cent.

52 — Le Lavoir de Bagneux.

Haut., 45 cent.; larg., 61 cent.

SISLEY

(ALFRED)

53 — Vue de la Tamise.

Haut., 33 cent.; larg., 46 cent.

54 — Bougival.

Haut., 33 cent.; larg., 46 cent.

55 — Paysage.

Haut., 46 cent.; larg., 40 cent.

56 — Impression.

Haut., 50 cent.; larg., 73 cent.

57 — Temps de neige.

Haut., 56 cent.; larg., 46 cent.

58 — Matinée d'automne.

Haut., 46 cent. ; larg., 61 cent.

59 — Paysage.

Haut., 45 cent.; larg., 56 cent.

60 — Le Chemin de Monbuisson.

Haut., 40 cent.; larg., 32 cent.

61 — Lisière de bois.

Haut., 46 cent; larg., 65 cent.

62 — Barrage de la Tamise.

Haut., 51 cent.; larg., 68 cent.

63 — Route de la Princesse (le soir).

Haut., 61 cent.; larg., 50 cent.

64 — Le Barrage.

Haut., 38 cent.; larg., 47 cent.

65 — Le Bord de la Seine.

Haut., 33 cent.; larg., 46 cent.

66 — Chemin de Prunay.

Haut., 46 cent.; larg., 56 cent.

67 ·· La Seine aux environs de Paris.

Haut., 54 cent.; larg., 73 cent.

68 — Côteaux de Bougival.

Haut., 50 cent.; larg., 61 cent.

69 — Effet de neige.

Haut., 54 cent.; larg., 63 cent.

70 — Route de Louveciennes. (Effet de neige.)

Haut., 65 cent.; larg., 92 cent.

71 — Brouillard.

Haut., 50 cent.; larg., 65 cent.

72 — Barrage de la Tamise. (Hampton-Court.)

Haut. 51 cent.; larg., 68 cent.

73 — Paysage.

Haut., 46 cent.; larg., 55 cent.